Título original: *Krokodil und Giraffe ein richtig echtes Liebespaar*, 2006

Colección libros para soñar®

© 2006 by Thienemann in der Thienemann-Esslinger GmbH, Stuttgart
© del texto y de las ilustraciones: Daniela Kulot, 2006
© de la traducción: Marc Taeger y Chema Heras, 2007
© de esta edición: Kalandraka Editora, 2017
Rúa de Pastor Díaz, n.º 1 – 4.º A . 36001 Pontevedra
Tel.: 986 860 276
editora@kalandraka.com
www.kalandraka.com

Impreso en Imprenta Mundo, Cambre
Primera edición: noviembre, 2007
Segunda edición: febrero, 2017
ISBN: 978-84-8464-292-3
DL: PO 672-2016

MIXTO
Papel procedente de
fuentes responsables
FSC® C125125

DANIELA KULOT

Una pareja diferente

kalandraka

Cocodrilo y Jirafa son una pareja: una pareja de enamorados.
Jirafa es muy alta y Cocodrilo muy bajo,
por eso viven en una casa hecha a su medida.
En ella, cási no se dan cuenta de lo diferentes que son.

Un día que no tenían nada que hacer,
Cocodrilo le dijo a Jirafa:
—¿Vamos a dar una vuelta?

–¿Y a dónde vamos? –preguntó Jirafa–,
¿a Villacocodrilo o a Aldeajirafa?
Para decidirlo, lanzó una moneda al aire.

–A Aldeajirafa –contestó
Cocodrilo al ver la moneda.
Y Jirafa se fue a buscar el coche.

Muy contentos, se montaron en su Auto Jiradrilo
y se fueron a Aldeajirafa.

Primero fueron a una heladería.

Luego a una tienda de golosinas.
¡Qué bien olía allí! ¡Olía de maravilla!

Después fueron a una tienda de ropa.
Jirafa se probó varios vestidos y Cocodrilo le escogió
unos zapatos muy bonitos.

Se lo estaban pasando tan bien que no se daban cuenta
de que todo el mundo los miraba de una forma extraña.

En el mercado oyeron todo tipo de comentarios:

–¡Un cocodrilo y una jirafa!

–¡Qué pareja tan rara!

–¡Qué diferentes son!

Y los más jóvenes se burlaban de Cocodrilo:

–¡Pequeñajo, pequeñajo!

–Vámonos de aquí inmediatamente –dijo Jirafa muy enfadada–.
En Villacocodrilo nadie se meterá con nosotros.

Cuando llegaron a Villacocodrilo,
fueron a tomarse un chocolate con nata.

Después fueron al cine. Pero algo raro pasaba:
los espectadores los miraban de una forma extraña y murmuraban.

Al salir del cine, todos empezaron a meterse con Jirafa:

—¡Tú eras quien hacía sombra en la pantalla!

También se reían de ellos y decían:

—¡Qué pareja tan rara! ¡Qué diferentes son!

Y algunos pequeños tenían miedo y se escapaban.

Cocodrilo y Jirafa estaban tan tristes
que decidieron volver a su casa:
allí nadie se burlaría de ellos.

Pero, de pronto, oyeron gritos de auxilio
y sirenas de bomberos.

Sin perder un segundo,
Cocodrilo y Jirafa salieron disparados hacia el lugar del accidente.

Un edificio estaba en llamas y salía humo negro de las ventanas del último piso.
Desde allí, cuatro cocodrilos y su abuela pedían auxilio desesperados.
El coche de bomberos estaba en un atasco y no conseguía llegar.
¡Tenían que hacer algo!

Jirafa intentó rescatarlos, pero no lograba llegar al último piso.
Le faltaba exactamente lo que medía un cocodrilo.

Entonces, Jirafa y Cocodrilo se miraron a los ojos y tuvieron una idea.

Cocodrilo subió corriendo las escaleras,
aguantando la respiración para no asfixiarse.

Mientras tanto, Jirafa hizo una escalera con su cuerpo:
una Escalera Jirafa.

Cuando Cocodrilo llegó arriba,
fue poniendo en la Escalera Jirafa
a cada uno de los pequeños
y a la abuela.

Pero Cocodrilo no podía bajar,
y el humo era cada vez más espeso.
—¡Salta! —le gritó Jirafa.

Cocodrilo cerró los ojos y saltó…

... a los brazos de su enamorada.

–¡Bravo! ¡Se han salvado! –gritó alguien.
–¡Bravo! –repitieron todos muy contentos–.
¡Viva la pareja diferente!

Por la noche celebraron una fiesta.
Y asistieron muchas jirafas que se habían enterado de la hazaña:
¡todos hablaban de la espectacular Escalera Jirafa!

Al acabar, decidieron reconstruir entre todos la casa quemada.
Así es como se hicieron muchas amistades y se formaron muchas parejas
DIFERENTES.

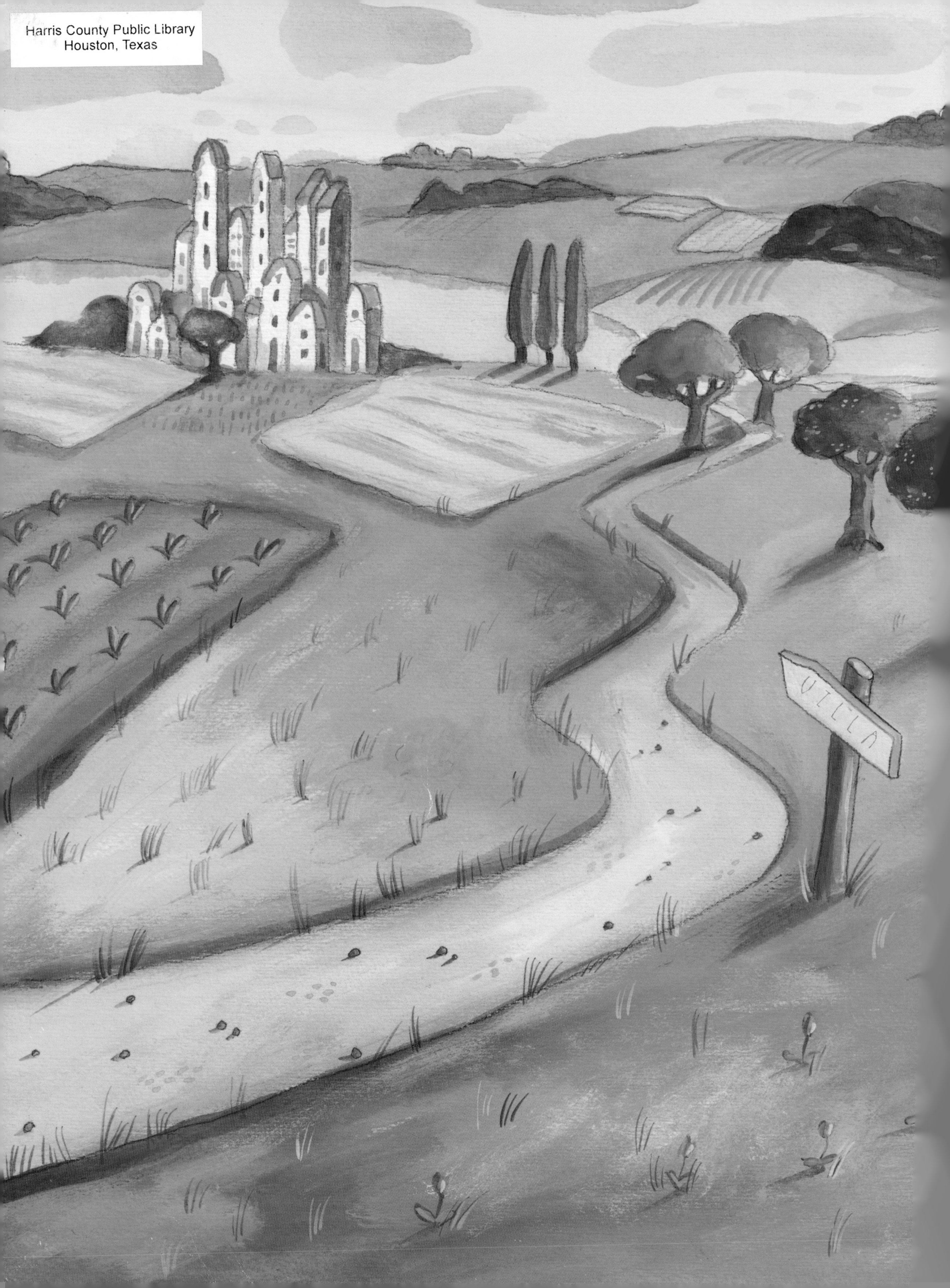
VILLA